फूल शबनम के

फूल शबनम के

गोविंद गुलशन

सत्साहित्य प्रकाशन, दिल्ली

प्रकाशक : **सत्साहित्य प्रकाशन**
694 (पहली मंजिल), चावड़ी बाजार, दिल्ली–110006
 / संस्करण : 2025 / पेपरबैक मूल्य : दो सौ पचास रुपए
मुद्रक : आर–टेक ऑफसेट प्रिंटर्स, दिल्ली ISBN 978-93-92573-63-7

PHOOL SHABNAM KE
Poems by Shri Govind Gulshan ₹ 250.00 (PB)
Published by **SATSAHITYA PRAKASHAN**
694 (First Floor), Chawri Bazar, Delhi-110006

परमपूज्य
संत मोरारी बापूजी
के
पावन चरणों में
समर्पित।

जादू सिफ़त लगी मुझे पत्थर की रौशनी।
मुझको भी खींच लाई तेरे दर की रौशनी॥

एक अच्छे फ़नकार और मुख़्लिस इंसान हैं—
गोविंद गुलशन

इस ज़माने में हमारी गंगा-जमनी तहज़ीब उर्दू ज़ुबान-ओ-अदब की तरफ़ जिन लोगों ने मोहब्बत से नज़र की है और अपनी फ़नकारी के हवाले से रौशन दस्तख़त किए हैं, उनमें गोविंद गुलशन का नाम बहुत नुमाया है। वो शेर भी ख़ूब कहते हैं और स्टेज पर अपनी बेहतरीन पेशकश के ज़रिए गहरी छाप छोड़ते हैं। वो जितने अच्छे फ़नकार हैं, उस क़दर मुख़्लिस इंसान भी हैं। अदब और शे'र के लिए उनसे माक़ूल तवक़्क़ुआत वाबस्ता हो सकती हैं।

—प्रो. शहपर रसूल (मशहूर शायर)
पूर्व एच.ओ.डी. उर्दू डिपार्टमेंट
जामिया मिलिया इस्लामिया यूनिवर्सिटी, दिल्ली
एवं पूर्व उपाध्यक्ष उर्दू अकादमी, दिल्ली

पाकीज़ा एहसास और नाज़ुक जज़्बात के शायर हैं—गोविंद गुलशन

गोविंद गुलशन ग़ज़ल के पाकीज़ा एहसास और नाज़ुक जज़्बात के ऐसे मोहतरम शायर हैं, जिन्होंने अपनी ख़ूबसूरत शायरी के ज़रिए न सिर्फ़ ग़ज़ल की रिवायत का एहतराम किया है, बल्कि नए दौर के तक़ाज़े का भी भरपूर ख़याल रखा है।

फिर एक बार तेरी ख़ुशबुएँ नसीब हुईं
फिर एक बार ग़ज़ल गुनगुना रहा हूँ मैं

उनका ये शे'र साबित कर रहा है, वो जितने अपने महबूब से मुख़ातिब हैं, उतने ही अपने ख़ुदा के क़रीब भी हैं। ये शे'र शृंगारिक और आध्यात्मिकता का बेहतरीन सबूत है। ये हुनर उन्होंने अपने उस्ताद कृष्ण बिहारी नूर से सीखा है, जिसे वो इंतिहाई ख़ूबी से बरत रहे हैं। गोविंद गुलशन मेरे पसंदीदा शायर हैं और मैं उनके बेशुमार शे'रों का आशिक़ हूँ, जिस पर कभी तफ़सील से बात करना मुझे अच्छा लगेगा।

—मंसूर उस्मानी (मशहूर शायर)

नजमा हाउस
निकट मज़ार हज़रत क़ुदरत उल्लाह शाह बारादरी,
मुरादाबाद–244001
मो. : 9897189671

बहुत अहमियत और एतबार का नाम हैं—
गोविंद गुलशन

गोविंद गुलशन का नाम ग़ज़ल के हवाले से बहुत अहमियत और बहुत एतबार का है। कृष्ण बिहारी 'नूर' के सबसे लायक़ और संजीदा शागिर्द होने की ज़िम्मेदारी उन्होंने जितनी ईमानदाराना तरीक़े से निभाई है, उसका एतराफ़ नूर साहब ने कई जगह अपनी तहरीरों में किया है। उनका एक ख़ास लहजा और क़तई मुनफ़रिद रंग है। हमने हमेशा मुशायरों व कवि-सम्मेलनों और अदब की मुनअक़्क़िदा में उन्हें पढ़ते हुए और बेपनाह कामयाब होते हुए देखा है।

उन्होंने न जाने कितने नए लिखने वालों की रहनुमाई की है। मैंने बड़े-बड़े शायरों को स्टेज पर उनका एहतराम करते हुए देखा है।

मेरी दुआ है कि मालिक उनका साया हमेशा हमारे सरों पर क़ायम रखे।

—**शकील जमाली** (मशहूर शायर)
165/बी-2, फ़र्स्ट फ़्लोर, हादी अपार्टमेंट, जोगाबाई,
नगर, न ई दिल्ली-110025
मो. : 9990816874, 9412656576

एहसास की ज़मीं से...

ऐ ग़ज़ल मैं तेरे इश्क़ में क्या था और क्या से क्या हो गया,
आ गया जब तेरे शहर में, मैं तेरे शहर का हो गया।

मैं ज़िक्र करना चाहता हूँ साल 1987 का, जब मैंने अपनी पहली ग़ज़ल कही। ये और बात है कि लिखने का सिलसिला 1977 से शुरू हो गया था। राजेंद्र नगर लखनऊ में मेरी मौसरी ससुराल थी, जो आज भी है, शादी के बाद अक्सर लखनऊ जाना हो जाया करता था। जुलाई का महीना था, जब मेरी लखनऊ मेल से वापसी हो रही थी। अपर बर्थ थी, सो ऊपर बिस्तर लगा लिया था, मगर नींद ग़ायब थी इसलिए कुछ लिखने के लिए क़लम और पॉकेट डायरी निकाल ली, ग़ज़ल और क़व्वाली सुनने का शौक़ मुझे स्कूल के वक़्त से था, सो ग़ज़ल लिखने का मन बना लिया, उस वक़्त ग़ज़ल कहना नहीं आता था, मगर ग़ज़ल लिख ली गई। इस तरह शुरुआत हुई ग़ज़ल से दीवानगी के सफ़र की।

90 का दशक (दहाई) मेरे लिए बहुत सार्थक रहा। शुरुआत ही में गुरुवर डॉ. कुँअर बेचैन साहब से अनूपशहर के कवि सम्मेलन में मिलना हुआ। फिर यूँ हुआ कि पारिवारिक संबंध और प्रागण होते गए और साथ ही साथ ग़ज़ल के छंद की बाबत थोड़ी-थोड़ी जानकारी हासिल होने लगी। साल 1995 में पहली मुलाक़ात गुरुवर कुँअर बेचैन जी की बदौलत श्रद्धेय कृष्ण बिहारी नूर साहब से नोएडा में हुई। उस वक़्त वो मेरे दादा उस्ताद थे। उसके बाद मेरा लखनऊ आना-जाना बना रहा। उनकी चरण रज ऐसी मेरे माथे से लगी कि फिर मैं उन्हीं का हो गया। तब मोबाइल फोन का ज़माना नहीं था, सो

लैंडलाइन फोन पर बात हुआ करती थी। दिल्ली के आसपास या मिडिल ईस्ट में कहीं मुशायरा हो तो उनकी आमद पहले नाचीज़ के ग़रीबख़ाने पर हुआ करती थी। उनके आने से पहले उनके आने की ख़बर आ जाती थी और तय वक़्त पर मैं स्टेशन पहुँच जाता था। साल 2001 में मेरा पहला शेरी मज्मूआ 'जलता रहा चराग़' मन्ज़र-ए-आम पर आया तो गुरुवर डॉ. कुँअर बेचैन साहब और श्रद्धेय गुरुवर नूर साहब को बेहद ख़ुशी हुई।

17 मई, 2003 को चिरंजीव विहार, ग़ाज़ियाबाद मुशायरे में नूर साहब का आना हुआ, मुशायरा भी हुआ, मगर अफ़सोस ग़ाज़ियाबाद में उनकी ऐसी तबीयत ख़राब हुई कि तमाम दुआएँ नाकाम हो गईं और 30 मई, 2003 को वे ब्रह्म में विलीन हो गए, बहुत अफ़सोस हुआ उनके इस तरह जाने का। वक़्त के गुज़रने के साथ दर्द तो कम नहीं होता, मगर दिल को आदत हो जाया करती है दर्द के साथ जीने की। वक़्त गुज़रा तो 2016 में मेरा दूसरा शेरी मज्मूआ 'हवा के टुकड़े' मन्ज़र-ए-आम पर आया, जिसे अदबी दुनिया में बहुत पसंद किया गया।

उसके बाद दूसरे एक और बड़े दुःख का सामना 29 अप्रैल, 2021 को करना पड़ा जब गुरुवर श्रद्धेय कुँअर बेचैन साहब को कोविड ने छीन लिया। आज भी जब माज़ी की तरफ़ मुड़कर देखता हूँ तो आँखें नम हो जाती है। पूज्य गुरुजनों को मेरी अश्रुपूरित श्रद्धांजलि।

ग़ज़ल एक ऐसी सिंफ़-ए-सुख़न है जो इसके क़रीब आता है उसे अपना बना लेती है। पहले महबूब से गुफ़्तगू और मारिफ़त के दायरे में ही ग़ज़लें कही जाती थीं यानी ग़ज़ल इश्क़-ए-मजाज़ी और इश्क़-ए-हक़ीक़ी के दायरे तक ही महदूद थी और फिर ग़ज़ल का दायरा बढ़ता चला गया। धीरे-धीरे ग़ज़ल के दायरे में इंसानी मसाइल, सियासी और मज़हबी तअस्सुरात, जीवन दर्शन और आध्यात्म भी शामिल हो गए। ग़ज़ल ने अपना आँचल फैलाया तो ग़ज़ल के चाहने वाले भी बढ़ते चले गए। मेरा अपना ख़याल है कि ग़ज़ल को उर्दू और हिंदी के दायरे में नहीं बाँधना चाहिए इसलिए भी कि बुनियादी तौर पर ग़ज़ल उर्दू अदब की देन है। वैसे भी आज ग़ज़ल हर ज़बान में कही जा रही है, ग़ज़ल की मक़बूलियत की एक वजह ये भी है। ग़ज़ल के चाहने

वालों की तादाद में बराबर इज़ाफ़ा हो रहा है। 1987 में जब मैंने अपनी पहली ग़ज़ल कही थी तब भी और आज भी मैं ग़ज़ल का तालिब-ए-इल्म हूँ। सच बात तो ये है कि मैं ग़ज़ल की इबादत ही कर हूँ।

कोई भी एक शे'र मुकम्मल नहीं हुआ
घर से चला हूँ आज मैं पूजा किए बग़ैर

आज जब मेरा तीसरा शेरी मज्मुआ मंज़र-ए-आम पर आ रहा है तो मुझे बहुत ख़ुशी हो रही है। मेरी इस ख़ुशी में मेरे परिवारजन और मित्र बंधु किसी-न-किसी रूप में सभी शामिल रहे हैं।

सबसे पहले शुक्रिया अदा करना चाहता हूँ आदरणीया डॉ. माला कपूर गौहर साहिबा का जिन्होंने 'फूल शबनम के' प्रकाशन के लिए मुझे तैयार किया। उनकी ज़िद यही थी कि उनकी और मेरी किताबें साथ-साथ आएँ। शुक्रगुज़ार हूँ आदरणीया उर्वशी अग्रवाल 'उर्वी' जी और आदरणीय पवन अग्रवाल जी का, जिन्होंने अपने संस्थान 'सत्साहित्य प्रकाशन' से 'फूल शबनम के' के प्रकाशन का मौक़ा दिया। बेहद मशकूर हूँ प्रो. शहपर रसूल साहब, मोहतरम मंसूर उस्मानी साहब और मोहतरम शकील जमाली साहब का जिन्होंने अपना क़ीमती वक़्त निकालकर मुझ नाचीज़ को अपनी मुहब्बतों से नवाज़ा।

शुक्रगुज़ार हूँ मैं अपने उन प्रियजनों का, जो बराबर मेरी ख़ुशी में साथ-साथ रहे—असलम राशिद जी, संदीप शजर जी, तरुणा मिश्रा जी, अलका मिश्रा जी, विजया एहसास जी, संतोष कुमार सिंह जी, अमित झा 'राही' जी और विनीत शंकर जी का। शुक्रगुज़ार हूँ मैं आलोक यात्री जी का, जो मेरी मुश्किलों को आसान करते रहे।

दुख-सुख में हमेशा मेरे साथ रहने वाले मेरे मित्र दीक्षित दनकौरी जी बहुत-बहुत शुक्रिया आपका। शुक्रिया कृष्ण कुमार 'नाज़' भाई, शुक्रिया राज कौशिक जी, राजीव सिंहल जी। शुक्रगुज़ार हूँ आदरणीय सुरेंद्र सिंघल साहब और मासूम ग़ाज़ियाबादी जी का। बेहद मशकूर हूँ महफ़िल-ए-बारादरी में आए हुए सभी मोहतरम मेहमानों का और साथ ही महफ़िल-ए-बारादरी के तमाम दोस्त और अहबाब का, जो मेरी बराबर हौसलाअफ़ज़ाई करते रहे हैं।

शुक्रिया अपने सभी रिश्ते-नातेदारों का।

और आख़िर में शुक्रिया मेरी शरीक-ए-हयात सुषमा सक्सैना का, जो हमेशा मेरा ख़याल रखती रही हैं। शुक्रगुज़ार हूँ बेटी ख़ुशबू और दामाद अंशुल माथुर जी का, बेटी हिना और दामाद नितिन सिंगला जी का, शुक्रिया छाया, शुक्रिया चंदन, आप सभी मेरे ज़िंदगी का मक़सद रहे हो।

ख़ाकसार

—गोविंद गुलशन

'ग़ज़ल' 224, सैक्टर-1, चिरंजीव विहार,
ग़ाज़ियाबाद-201002 (उ.प्र.)
मोबाइल नंबर : 8826828708

अनुक्रम

1

मेरी पलकों पे अगर ख़्वाब उतरने लगते
दिन के लम्हात भी नींदों में गुज़रने लगते

उनका पैग़ाम, अगर लेके चली आती सबा
फूल शबनम के हर इक शाख़ से झरने लगते

तितलियाँ अपने परों को नहीं फैलातीं अगर
रंग बरसात में फूलों के उतरने लगते

काश! आ जाती नज़र कोई अँधेरों में किरन
हम उमीदों की भी गलियों से गुज़रने लगते

दूरबीनों की सिफ़त होती अगर आँखों में
लोग अंजाम और आग़ाज़ से डरने लगते

2

बहते-बहते मैं भी पानी से अलग हो जाऊँगा
एक तिनका हूँ रवानी से अलग हो जाऊँगा।

लफ़्ज़ हूँ तरतीब से मिसरे में मुझको बाँध लो
वरना मैं अपने मआ'नी से अलग हो जाऊँगा

मैं अहम किरदार था मालूम है मुझको मगर
ये पता कब था कहानी से अलग हो जाऊँगा

हर दिये को बुझना पड़ता है हवा के सामने
मैं भी इक दिन जिस्मे-फ़ानी से अलग हो जाऊँगा

कितने जीवन जी लिए हैं और जीने हैं बहुत
बाद उसके हर कहानी से अलग हो जाऊँगा

3

कहीं तो लहजे में थोड़ी सी इंकिसारी रख
है क़ुर्बतों का तक़ाज़ा लिहाज़दारी रख

बुझी-बुझी हुई आँखें, ये पुर शिकन चेहरा
हुए हैं ग़म तुझे हासिल तो आबदारी रख

कहीं तो है वो किसी को मिले, मिले-न-मिले
तलाश उसकी अगर है तलाश जारी रख

ये बे-ख़याली न तुझको तबाह कर डाले
'छुपाके यार तबस्सुम में बेक़रारी रख'

तुझे जो हाथ बढ़ाना है दोस्ती के लिए
तो पहले ताक़ में सब अपनी होशियारी रख

ऐ शम'अ! तुझको भी जलना है और मुझको भी
सँभल-सँभल के पिघलने की पासदारी रख

4

न जाने क्या हुआ पूरे ख़ुमार में है हवा
नए चराग़ जलें इंतिज़ार में है हवा

ये सिर्फ़ धूल का गोला नहीं है ग़ौर करो
ग़ुबार है ये हवा का, ग़ुबार में है हवा

हवा का रुख़ तो बदलने दो, फिर करेंगे हिसाब
अभी तो ये है तुम्हारे दयार में है हवा

मैं कैसे पाँव में ज़ंजीर डाल दूँ उसके
ये जानकर भी मेरे इख़्तियार में है हवा

फ़िराक़ में थी दिये के हवा ज़रा पहले
ये क्या हुआ कि दिये के हिसार में है हवा

5

बाद मुद्दत के जो हम लौट के घर आए हैं
ऐसा लगता है कि जन्नत में उतर आए हैं

आज यादों की मुँडेरों पे दिये हैं रौशन
ख़ुशनुमा शाम है माज़ी से गुज़र आए हैं

मैंने तो सिर्फ़ लकीरों में इज़ाफ़त की थी
उसकी तस्वीर में अब रंग उभर आए हैं

उसकी आँखों में थी जो प्यास बुझा दी हमने
दिल जो ख़ाली था उसे आग से भर आए हैं

आज ये क्या हुआ हम भूल गए अपना पता
रास्ता पूछ लिया हमने तो घर आए हैं

जिस्म बेदम हुआ आँखें भी हुईं पथरीली
ऐसे हालात मुहब्बत में नज़र आए हैं

6

हौसलों में जान चाहिए
तब कहीं उड़ान चाहिए

तीर हम चलाएँ किस तरह
हाथ में कमान चाहिए

उससे मिलना कुछ कठिन नहीं
सिर्फ़ उसका ध्यान चाहिए

सच कहूँगा जो कहूँगा मैं
कहिए क्या बयान चाहिए

कह दिया न हम हैं आपके
और क्या ज़बान चाहिए

मैंने कब कहा ये आपसे
जान की अमान चाहिए

मसअलों की बात हो चुकी
अब तो बस निदान चाहिए

7

ये आसपास मेरे कौन शब गुज़ारता है
अगर मैं ख़्वाब में जाऊँ मुझे पुकारता है

ये मेरे सामने बच्चा है या फ़रिश्ता कोई
ये कौन दिल में मेरे रौशनी उतारता है

कभी जो भीड़ की आँखों से मैं गुज़र जाऊँ
वो बार-बार नज़र से नज़र उतारता है

कोई तो बात है, क्या इश्क़ हो गया है उसे
वो जानबूझ के बाज़ी मुझी से हारता है

सुनाई देती रहीं सिसकियाँ कराह के साथ
ये कौन है, जो मेरी ख़्वाहिशों को मारता है

8

हमीं थे जोड़ने वाले हमीं हटाए गए
मलाल ये है गुनहगार हम बताए गए

हमारी आँखें तो सच के क़रीब बैठी रहीं
जो सच नहीं थे मनाज़िर नज़र में लाए गए

सुरों का ताल का मिलना बहुत ज़रूरी था
मगर न ताल मिलाई, न सुर मिलाए गए

न जाने कौन सी रंजिश हवा को है मुझसे
दिये जो मैंने जलाए वही बुझाए गए

वही थे हाँ वो, वही दिल को चोट देते रहे
हमीं थे हाँ वो, हमीं दिल पे चोट खाए गए

दिलों में नफ़रतें फैलीं तो फैलती ही गईं
अगरचे गीत मुहब्बत के गुनगुनाए गए

9

हज़ारों ख़्वाब दिखाए फिर उसने ख़्वाब के बाद
अज़ाब दे ही गया वो मुझे गुलाब के बाद

बिछेगी नूर की चादर सियाह-ताब के बाद
मैं मुतमइन न हुआ उसके इस जवाब के बाद

वो शोरगुल, वो तमाशा तो सब तमाम हुआ
ख़ामोशियों की सदाएँ हैं इंक़िलाब के बाद

अब इसके बाद हर इक रौशनी पराई है
हो आफ़ताब कोई और आफ़ताब के बाद

तमाम ख़ुशियाँ उसे दे के, ले लिये आँसू
कोई हिसाब न बाक़ी बचा हिसाब के बाद

10

तीर ऐसे भी कलेजे में उतर जाना है
देख लो तुम जो नज़र भर के तो मर जाना है

तेरी तस्वीर बना लूँ मैं मगर सोचता हूँ
कच्चे रंगों को किसी रोज़ उतर जाना है

आँखें जो रोज़ पिघलती हैं करूँ क्या इनका
वक़्त के साथ चलो ज़ख़्म तो भर जाना है

तेज़ रफ़्तार मुनासिब नहीं आहिस्ता चलो
हमसफ़ीरो! तुम्हें तय वक़्त ठहर जाना है

फूल शाख़ों पे खिलेंगे तो रहेंगे कब तक
ख़ुशबुओं को भी फ़ज़ाओं में बिखर जाना है

❁

11

जब उसकी हाँ न हुई तो नहीं से बात चली
जहाँ पे छोड़ चुके थे वहीं से बात चली

हमारे नाम का आना हमें सुहाता रहा
तुम्हारा ज़िक्र हुआ और तुम्हीं से बात चली

हमें पता ही न चलता मुख़ालिफ़ीन हैं कौन
जो पी रहे थे, वहीं से-कहीं से बात चली

मिज़ाज गर्मी-ए-एहसास से गुज़रता रहा
वो सर्द रात थी जब महजबीं से बात चली

फिर उसके बाद कहानी को आम होना था
हमीं पे ख़त्म हुई जो हमीं से बात चली

ग़ज़ल के शे'र निकलना बहुत मुनासिब था
जब आसमान की अपनी ज़मीं से बात चली

12

मुझको इस बार दुआओं का असर देखना है
किस तरह बचता है आँधी में शजर देखना है

मुश्किलें राह को दुश्वार बना देती हैं
कैसे हो पाता है आसान सफ़र देखना है

मेरे साए पे न कर वार तुझे होगा मलाल
वार कर मुझपे अगर मेरा जिगर देखना है

दर्द–आलूद मनाज़िर हैं मेरे चारों तरफ़
देख पाना इन्हें मुश्किल है मगर देखना है

हो न जाए मेरा महबूब जुदा मुझसे कहीं
किस तरह दिल से निकलता है ये डर देखना है

आख़िरी दौर में आ पहुँचा है साँसों का सफ़र
उससे कह देना उसे एक नज़र देखना है

13

जब डूबकर न उभरे उम्मीद के सितारे
तस्वीर हो गए हम तस्वीर के सहारे

ख़ामोशियों की ज़द में आया हुआ हूँ लेकिन
कानों में चुभ रहे हैं आवाज़ के शरारे

जब डूबने लगा मैं महसूस हो रहा था
आवाज़ दे रहे हों नज़दीक से किनारे

हमने सफ़ेद काग़ज़ काले किए तो जाना
शामिल सियाहियों में रहते हैं माहपारे

हालाँकि झूठ को सच हमने किया है साबित
लेकिन नहीं उतारे थाली में चाँद-तारे

उनसे नज़र मिली तो मंज़िल नज़र में आई
महदूद हो गए हैं सब रास्ते हमारे

पहले तो मेरे दिल ने मुझको बचा लिया था
अब दिल भी दे रहा है बिखराव के इशारे

14

जिसमें हो सिर्फ़ तू ही तू, ऐसा मुझे ख़याल दे
मेरी निगाहे-शौक़ में अपना तू अक्स डाल दे

चारों तरफ़ हैं नूर की परतें तेरे इधर-उधर
थोड़ी सी रौशनी उठा मेरी तरफ़ उछाल दे

तेरी अज़ीम ज़ात का कोई नहीं मुक़ाबला
कोई अगर मिसाल दे, कैसे तेरी मिसाल दे

मैं ही अगर हूँ बेवफ़ा मुझसे त'अल्लुक़ात क्यूँ
तुझसे जो हो सके तो अब दिल से मुझे निकाल दे

तुझको न मैं समझ सका मेरी कोई ख़ता नहीं
तुझको समझ सकूँ सो तू दर्द में अपने ढाल दे

15

दिल में ये एक डर है बराबर बना हुआ
मिट्टी में मिल न जाए कहीं घर बना हुआ

इक लफ़्ज़ 'बेवफ़ा' कहा उसने फिर उसके बाद
मैं उसको देखता रहा पत्थर बना हुआ

जब आँसुओं में बह गए यादों के सारे नक़्श
आँखों में कैसे रह गया मंज़र बना हुआ

लहरो! बताओ क्या हुआ कुछ तो मुझे बताओ
ख़्वाबों का इक महल था यहाँ पर बना हुआ

वो क्या था, क्या बना दिया उसको हुज़ूर ने
इतरा रहा है क़तरा, समंदर बना हुआ

16

आग कुछ ऐसी लगी है मेरे भीतर अबके
सूख जाएगा बुझाने में समंदर अबके

उस तरफ़ धूप की मंज़िल थी इधर छाँव का घर
बदला-बदला हुआ हर सिम्त है मंज़र अबके

फूल हाथों में थे होंठों पे तबस्सुम की लकीर
दोस्त के हाथ में देखा नहीं पत्थर अबके

ये थी उम्मीद बदल जाएगी तस्वीर मगर
रंग लाया ही नहीं मेरा मुक़द्दर अबके

उसको आँखों की ज़बाँ पढ़नी न आई होगी
देख लेता हूँ चलो यार से कहकर अबके

❁

17

आईने से नज़र मिलाते हुए
डर-सा लगता है पास जाते हुए

वक़्त गुज़रा है मेरी आँखों से
दर्द का गीत गुनगुनाते हुए

मेरी आँखें खुली हुई हैं अभी
जाए तो वो नज़र बचाते हुए

सोच लेना ज़रूर तुम इक बार
क़त्ल का फ़ैसला सुनाते हुए

तुमने देखा है ज़िंदगी का सफ़र
हमने देखी है जान जाते हुए

18

हमें तो पहले ही मुंसिफ़ पे एतबार न था
सज़ा उसी को मिली जो गुनाहगार न था

चमन में उसके खिले आरज़ू के फूल बहुत
जिसे बहार के मौसम का इंतिज़ार न था

मैं तेज़ धूप से बचता तो किस तरह बचता
सफ़र में कोई शजर था तो सायादार न था

जिसे भी टूट के चाहा उसी ने ज़ख़्म दिए
हमारा अपनी मुहब्बत पे इख़्तियार न था

हमारी आँख से आँसू छलक भी सकते थे
ये किसने कह दिया, दिल में कोई ग़ुबार न था

भुला दिया था जिसे सबने अजनबी की तरह
वो शख़्स मेरी नज़र में था, दरकिनार न था

सब अपनी मर्ज़ी के मालिक थे, शहंशाह थे सब
अजब थी सल्तनत और कोई ताजदार न था

19

दीवारें मौजूद रहीं छत टूट गई
सर से उठा साया तो आफ़त टूट गई

दुख की बात है उसकी मुहब्बत टूट गई
लेकिन ये अच्छा है ग़फ़लत टूट गई

काँटे बोने वाले पूछ रहे हैं हाल
कैसे उन्हें बतलाऊँ हिम्मत टूट गई

मज़हब के नारे सारे नाकाम हुए
अच्छा हुआ इस बार सियासत टूट गई

शाम ढले लौटा हूँ घर में शोर है क्यूँ
आख़िर ऐसी कौन क़यामत टूट गई

अश्कों का भरपूर ख़ज़ाना था लेकिन
धीरे-धीरे सारी दौलत टूट गई

20

बेसहारों का सहारा भी नहीं होता है
बेबसी के सिवा चारा भी नहीं होता है

अब नहीं होता है बेताब कभी दिल उसका
हाल बेहाल हमारा भी नहीं होता है

उस बुलंदी पे मेरा ख़्वाब पहुँचकर टूटा
जिस बुलंदी पे सितारा भी नहीं होता है

ऐसे आँसू कि मेरी जल गईं पलकें दोनों
गर्म इतना तो शरारा भी नहीं होता है

तोड़ डाले उसे ठहरे हुए दरिया की लहर
इतना कमज़ोर किनारा भी नहीं होता है

21

ताउम्र सत्ह-ए-आब पे रहना पड़ा मुझे
दरिया के हर बहाव पे बहना पड़ा मुझे

दिल की लगी ने और जो देना था सो दिया
रुस्वाइयों का दर्द भी सहना पड़ा मुझे

दुनिया से मुँह छुपाना पड़ा हो के रूबरू
जिस तरह चाँद गहता है गहना पड़ा मुझे

मेरे लबों पे तोड़ दिया ख़ामुशी ने दम
दिल भी तो कोई चीज़ है कहना पड़ा मुझे

गुज़री मेरे क़रीब से कुछ ऐसे ज़िंदगी
तन्हाइयों के दरमियाँ रहना पड़ा मुझे

22

जब आसमान की बिजली ज़मीं पे उतरे है
गुज़रती क्या है वही जाने जिस पे गुज़रे है

ये क्या हुआ मेरे एहसास को बताए कोई
उसे मैं सोचूँ तो ख़ुशबू फ़िज़ा में बिखरे है

पुकारता है मुझे कौन दश्ते-हिज्राँ में
समाअतों में ये आवाज़ किसकी उभरे है

मुझे बुलंदियाँ आवाज़ दे रही हैं मगर
हवा को क्या हुआ जो पंख मेरे कतरे है

अभी मैं सोया नहीं ख़्वाब तो है दूर की बात
मगर ये पलकों पे तस्वीर किसकी उतरे है

❁

23

किसी की याद में नमनाक हो गईं आँखें
चलो ये अच्छा हुआ पाक हो गईं आँखें

बदलना आ गया ग़म को ख़ुशी के लहजे में
अब ऐसा लगता है चालाक हो गईं आँखें

क़फ़स में आ गया मेरा वजूद और मैं भी
नज़र मिली तो वो अश्बाक हो गईं आँखें

झुका लिया कभी पलकों से ढक लिया ख़ुद को
हया की, शर्म की पोशाक हो गईं आँखें

छुपाना राज़ भी आता था इनको ख़ूब मगर
न जाने क्या हुआ बेबाक हो गईं आँखें

24

मैं ख़ुद पे एक अजब व्रार करने वाला था
गुनाहगार हूँ इनकार करने वाला था

बहुत ही अच्छा किया फेर ली नज़र उसने
मैं अपनी मौत का दीदार करने वाला था

मेरे तबीब मुझे मौत क्यूँ नहीं आती
सवाल अजीब ही बीमार करने वाला था

बचा लिया मुझे मेरे अदीब ने वरना
मैं अपने लहजे को तलवार करने वाला था

मैं बच-बचा के नज़र फेरकर चला आया
मुझे वो दिल में गिरिफ़्तार करने वाला था

25

हमने सूरज को उगते देखा है, ढलते देखा है
यानी अपनी ही आँखों से वक़्त बदलते देखा है

शोलों जैसी ही गरमाहट होती है कुछ फूलों में
चाँदनी रातों में शबनम को हमने जलते देखा है

ये तो नहीं मालूम हमें कब मंज़िल मिल पाएगी मगर
हमने अपने ख़्वाब में ख़ुद को नींद में चलते देखा है

सुनने में अच्छा लगता है, कहने की बातें हैं सब
तूफ़ानों के बीच दिये को किसने जलते देखा है

गिर के सँभलना कोई मुश्किल काम नहीं है ऐ 'गुलशन'
गिरकर लोग सँभल जाते हैं, हमने सँभलते देखा है

26

बहुत ख़फ़ा हैं वो आज हमसे, हमें बस इतना जता रहे हैं
हमीं से नजरें मिलाना सीखे, हमीं से नज़रें चुरा रहे हैं

गिरा-गिराकर दिलों पे बिजली, कमाल अपना दिखा रहे हैं
कभी वो परदा उठा रहे हैं, कभी वो परदा गिरा रहे हैं

न लफ़्ज़ कोई न लब पे जुंबिश, कलाम आँखों से हो रहा है
उन्हें हम अपनी सुना रहे हैं, हमें वो अपनी सुना रहे हैं

अजब तमाशा है ये मुहब्बत, खिलाए गुल क्या ख़ुदा ही जाने
लिखा था जो हमने ख़ूने-दिल से, वो आँसुओं से मिटा रहे हैं

है उनके हाथों में जामे-सहबा, हमारी क़िस्मत में चंद आँसू
वो अपना मौसम बना रहे हैं, हम अपने ग़म को भुला रहे हैं

ज़मीने-दिल से उमड़-उमड़कर, बरसना चाहें घटाएँ ग़म की
नमी है आँखों में ख़ूब लेकिन, हम अपने आँसू बचा रहे हैं

लिबास ख़्वाबों के जल चुके हैं, पचासों बार आँसुओं से फिर भी
न जाने ख़्वाबों के क़ाफ़िले क्यूँ, दयारे-मिज़्गाँ में आ रहे हैं

27

देखकर ही कोई आवाज़ उछाली जाए
तीर अगर निकले कमाँ से तो न ख़ाली जाए

कैसी सूरत ये बना रखी है माशा अल्लाह
जी में आता है कि तस्वीर बना ली जाए

ज़िंदगी भोर के सूरज की तरह उजली रहे
रात अगर गुज़रे कोई रात न काली जाए

ऐसी तासीर अता कर दे मेरी बरकत को
दर पे जो आए मेरे दर से न ख़ाली जाए

मेरा हक़ मुझको मिले इतना तक़ाज़ा है मेरा
मेरी झोली में कोई भीख न डाली जाए

तल्ख़ियाँ और न बढ़ जाएँ जिरह अच्छी नहीं
बात से अब न कोई बात निकाली जाए

सच अगर बोलना बन जाए मुसीबत 'गुलशन'
ऐसी सूरत में तो बस जान बचा ली जाए

28

अक्स आँखों में क्या आपका रह गया
हैरतों में मेरा आईना रह गया

मैं भी उनसे मिला, वो भी मुझसे मिले
क़ुर्बतों में मगर फ़ासला रह गया

कमनसीबी कहो चाहे मजबूरियाँ
लफ़्ज़ थे और मैं बे-सदा रह गया

कैसी उम्मीद है टूटती ही नहीं
घर का दरवाज़ा कल फिर खुला रह गया

मेरी आवाज़ तू, तेरी आवाज़ मैं
'क्या कहूँ और कहने को क्या रह गया'

आँधियाँ तेज़ थीं, तेज़ तूफ़ान था
कैसे जलता हुआ इक दिया रह गया

हम गुज़ार आए हैं उम्र का फ़ासला
ज़िंदगी अब तेरा फ़लसफ़ा रह गया

29

ऐ ग़ज़ल! मैं तेरे इश्क़ में क्या था और क्या से क्या हो गया
आ गया जब तेरे शहर में, मैं तेरे शहर का हो गया

अनसुना कर दिया मैंने जब एक लम्हे की आवाज़ को
कहके पागल मुझे चल दिया फिर न लौटा हवा हो गया

आशियाँ जल गया जब मेरा यूँ दिलासे दिए ख़ुद-ब-ख़ुद
रंज करने से क्या फ़ायदा जो हुआ सो हुआ हो गया

आईने के मुक़ाबिल था मैं और मेरे मुक़ाबिल था वो
कौन मुजरिम है इस बात का फ़ैसला होना था, हो गया

हौसला पस्त हो जाएगा इन परिंदों से ये मत कहो
कौन सा आसमाँ छू लिया क्या करिश्मा नया हो गया

30

उसने जब भी कोई तस्वीर बनाई होगी
उसकी सूरत मेरी सूरत से मिलाई होगी

जिस किसी ने भी मेरी नींद चुराई होगी
जानता हूँ मैं उसे नींद न आई होगी

भूल जाए वो मुझे ये तो नहीं हो सकता
भूल जाओ कि उसे याद न आई होगी

वो ही चेहरा, वही आँखें, वही आँखों में सुरूर
किस तरह उसने ये तस्वीर बनाई होगी

बस यही सोच के चुप हूँ मैं किसी बुत की तरह
बात जो होंठों पे आई तो पराई होगी

अनसुना कर दिया जब मैंने पुकारा उसको
कैसे मानूँ उसे आवाज़ न आई होगी

किसने जाना है ये और कौन कभी जानेगा
रूह की जिस्म से किस वक़्त रिहाई होगी

31

दरख़्त पर नए पत्ते जब आने लगते हैं
तो आशियाना परिंदे बनाने लगते हैं

ख़िज़ाँ के बाद जो शाख़ें सजाने लगते हैं
हों फूल कैसे भी सबको सुहाने लगते हैं

अगर ये नींद अनायास टूट ज़ाती है
हम अपने ख़्वाब की मिट्टी उठाने लगते हैं

ख़ुदा ही जाने ये क्या हो गया है हमको कि अब
ज़रा सी बात पे आँसू बहाने लगते हैं

विरह की आग अजब आग है कि सावन में
हवा के झोंके बदन को जलाने लगते हैं

ख़याल बच्चों का आता है, ज़ेहन में जब-जब
हम अपने हिस्से की साँसें बचाने लगते हैं

किसी को याद करो पल में याद आता है
किसी को भूलना चाहो ज़माने लगते हैं

32

हमसे बिछुड़ गए हैं वो वादा किए बग़ैर
रहना पड़ेगा धूप में साया किए बग़ैर

कोई भी एक शे'र मुकम्मल नहीं हुआ
घर से चला हूँ आज मैं पूजा किए बग़ैर

आँसू ये मेरी आँख में सब उसकी देन हैं
लौटा रहा हूँ क़र्ज़ तक़ाज़ा किए बग़ैर

मरने का ख़ौफ़ इसलिए रहता नहीं मुझे
मैं जी रहा हूँ कोई तमन्ना किए बग़ैर

लम्हा कोई विसाल का आता नहीं क़रीब
'गुलशन' किसी की याद से रिश्ता किए बग़ैर

33

मुक़ाबला है दरमियान वक़्त रात भर का है
उधर है लौ चराग़ की, हवा का रुख़ जिधर का है

जो नापसंद था तुम्हें, पसंद आ गया मुझे
मुख़ालिफ़त कोई नहीं, ये फेर बस नज़र का है

किसी का दर्द दूसरा कोई सुने तो क्यूँ सुने
ख़याल सबको अपना है, ख़याल अपने भर का है

घनी-सी छाँव देखकर ठहर गए सभी मगर
मुसाफ़िरों को क्या पता कि हाल क्या शजर का है

क़फ़स में हूँ तो क्या हुआ, मलाल इसका कुछ नहीं
अगर मुझे मलाल है तो सिर्फ़ बालो-पर का है

अना पसंद आदमी ही खेलता है जान पर
ये दिल की बात कुछ नहीं, ये हौसला जिगर का है

34

जीने की तमन्ना लिए मर जाऊँ तो क्या हो
गहरे किसी दरिया में उतर जाऊँ तो क्या हो

अब आईना बेकार है साबित हो ये कैसे
देखूँ तेरी आँखों में सँवर जाऊँ तो क्या हो

मंज़िल की तलब दिल में है लेकिन है थकन भी
ऐसे में कहीं अब जो ठहर जाऊँ तो क्या हो

इक तू ही नज़र आए है देखूँ मैं जिधर भी
मैं तेरी तरह तुझमें बिखर जाऊँ तो क्या हो

ये ज़िद है मुझे तू भी नज़र आए परेशाँ
देखूँ न तुझे यूँ ही गुज़र जाऊँ तो क्या हो

35

किसने छेड़ी है ये मीठी सी ग़ज़ल शाम ढले
दर्द अपना ही निहाँ लगता है आवाज़ तले

कोई रौनक़ नहीं रहती कभी सूने घर में
इसलिए दिल की ये ख़्वाहिश है कोई दर्द पले

यूँ ही गुमनाम न हो जाऊँ कहीं डर है मुझे
ये तमन्ना है मेरा ज़िक्र तेरे साथ चले

छुप गया चाँद घटाओं में उधर और इधर
'दो निगाहों की मुलाक़ात हुई रात ढले'

कोई भी आए यहाँ जाना भी तय है उसका
किसलिए रोए कोई किसके लिए हाथ मले

जब अँधेरों ने कभी मुझको डराया 'गुलशन'
तेरी यादों के दिये ख़ूब जले, ख़ूब जले

36

न ज़ख़्म दिल को सफ़र में मिले, न ख़ार मिले
ये और बात हमें दर्द बेशुमार मिले

कहीं पे नम हुईं आँखें, कहीं पे मन भीगा
कहाँ-कहाँ न मुहब्बत के आबशार मिले

ये एहतियात ज़रूरी है टूट जाए न दिल
किसी भी दिल पे अगर कोई इख़्तियार मिले

ज़रा सा प्यार दिया और बना लिया अपना
तुम्हारे शहर के ताजिर तो होशियार मिले

मैं तुझको पा के बहुत ख़ुश हूँ, कर रहा हूँ दुआ
तू इस जनम में मिला है तो बार-बार मिले

37

शाम ढलने लगी, रुत बदलने लगी और चराग़ आरज़ुओं के जलने लगे
मय-कदे में ये कैसी बहार आ गई, जाम आँखों-ही-आँखों में चलने लगे

रात ने ज़ुल्फ़ बिखराई तो ये हुआ, नींद आँखों में करवट बदलने लगी
नींद जब आ गई दर्द की सेज पर, ख़्वाब पलकों पे आकर टहलने लगे

आके सूरज ने दीं दस्तकें द्वार पर, दिन खुला तो नया इक सवेरा हुआ
चहचहाने लगीं डालियाँ पेड़ की, घोंसलों से परिंदे निकलने लगे

पर्वतों की शिखाओं पे दिनराज ने, धूप की ऐसी चादर बिछाई कि बस
गर्म एहसास तारी हुआ और फिर जितने थे बर्फ़ के बुत पिघलने लगे

दोपहर ढल गई, शाम फिर आ गई गुनगुनाते हुए हसरतों की ग़ज़ल
कुछ दरीचे खुले, रौशनी-सी हुई बंद आँखों में मंज़र बदलने लगे

38

सुलगती आँच से क़तरा बचा लिया मैंने
किसी तरह उसे दरिया बना लिया मैंने

बस एक राज़ छुपाया था और उसके बाद
उस आईने से ये चेहरा छुपा लिया मैंने

ये किस मक़ाम पे ले आई आशिक़ी मुझको
जो हाल उसका था अपना बना लिया मैंने

क़रीब आएँगी ख़ुशियाँ मगर ग़मों के साथ
नसीब में ये अजब क्या लिखा लिया मैंने

किसी की आँख के आँसू तो पोंछ डाले मगर
पराई आग से दामन जला लिया मैंने

39

ग़ैर मुमकिन तो नहीं आँसू के भीतर देखना
एक क़तरे में ज़रूरी है समंदर देखना

तीरगी क्या चीज़ है ये क्या बिगाड़ेगी मेरा
बंद आँखों से मुझे आता है मंज़र देखना

आग की तासीर क्या है जानना चाहो तो फिर
शबनमी फूलों को तुम इक बार छूकर देखना

आज मेरे हाथ में कुछ भी नहीं तो क्या हुआ
गुल खिलाएगा कभी मेरा मुक़द्दर देखना

सब समझते है गुलों का और ख़ारों का मिज़ाज
चाहता ही कौन है काँटों को छूकर देखना

40

ज़िंदगी में सबसे पहले तीरगी के दर खुले
रफ़्ता-रफ़्ता ये हुआ फिर नूर के पैकर खुले

आसमानों तक भरी पहले ख़यालों में उड़ान
फ़िक्र टूटी तब कहीं जाकर ये मेरे पर खुले

हो गईं ख़्वाबीदा आँखें नम यही अक्सर हुआ
नींद बैरन हो गई जब दर्द के बिस्तर खुले

हसरत-ए-परवाज़ मेरी छीन ली सैयाद ने
कैसे उड़ पाऊँगा मैं वो छोड़ भी दे पर खुले

जब गले में डाल दीं बाँहें तुम्हारी याद ने
आईना-दर-आईना क्या-क्या नहीं मंज़र खुले

41

खिलेंगे फूल ज़रा और इंतिज़ार करो
बहार आएगी मौसम पे एतबार करो

तुम्हारी आँखों का शिकवा क़ुबूल है मुझको
लबों को ज़हमतें देकर न शर्मसार करो

बड़ा सरल-सा है जीने का इक तरीक़ा ये
जो ज़िंदगी के मसाइल हैं उनसे प्यार करो

उसूल अपनी जगह ठीक हैं तुम्हारे मगर
हमारी बात को यूँ ही न दरकिनार करो

ये सिर्फ़ आँसू नहीं हैं, ग़मों के फूल हैं ये
सजाओ पलकों पे, आँखों को मुश्कबार करो

42

मुंतज़िर आँखें हैं मेरी शाम से
शम'अ रौशन है तुम्हारे नाम से

छीन लेता है सुकूँ शोहरत का शौक़
इसलिए हम हो गए गुमनाम-से

क्या अजब दुनिया है ये, दुनिया यहाँ
लोग मिलते हैं मगर बस काम से

ऐसा कुछ हो जाए दिल टूटे नहीं
सोचिएगा आप भी आराम से

मुझसे पूछो आँसुओं की बरकतें
मुतमइन हूँ रंजो-ग़म आलाम से

अपने मन की बात अब किससे कहूँ
आईना नाराज़ है कल शाम से

प्रेम का हो संचरण चारों तरफ़
प्रार्थना की है ये मैंने राम से

43

अभी जबीं ने छुआ है दर को, अभी ये सज्दा हुआ कहाँ है
अभी है बाक़ी नज़र का मिलना, सुकून दिल को मिला कहाँ है

नहीं है मंज़िल नज़र में कोई, न रास्तों की ख़बर है मुझको
मेरी नज़र में बस एक तुम हो, पता नहीं कुछ भी क्या कहाँ है

न कोई तारा, न चाँद कोई, न कोई सूरज जहान भर में
कहाँ से लाऊँ मिसाले-सूरत कि आप-सा दूसरा कहाँ है

खिली है यादों की धूप दिल में, पिघल रहा है पहाड़ ग़म का
ये दरिया बहने दो आँसुओं का, किसी के रोके रुका कहाँ है

ये जितने दीवाने जम्अ हैं सब, सभी की क़िस्मत में तुम हो लेकिन
तुम्हारी आँखों में ढूँढ़ता हूँ, नसीब मेरा लिखा कहाँ है

44

इन्साँ की क्या बिसात फ़रिश्तों में दम कहाँ
मेरे सनम को देखिए मेरा सनम कहाँ

कुछ फ़ासला भी है तो मेरी आँख नम कहाँ
वो दिल में बस गया है बिछड़ने का ग़म कहाँ

नाज़िल हुआ है फिर मेरी ग़ज़लों पे हुस्न-ए-यार
रुकती है जाके देखिए नौक-ए-क़लम कहाँ

रहमत बरस रही है मज़े में हूँ अब तो ख़ूब
वो मेरा हो गया है तो रंजो-अलम कहाँ

होंठों पे तश्नगी है मगर दिल में सब्र भी
हो जाए गर नसीब तो क़तरा भी कम कहाँ

बैठे हैं सब ही साग़रे-कौसर की आस में
'पहुँचे तलाशे-यार में मेरे क़दम कहाँ'

❁

45

दिलों के दरमियान कोई तार टूटने लगा
बहुत बुरा हुआ कि एतबार टूटने लगा

न दिल को कुछ ख़बर हुई कि प्यार टूटने लगा
बस आँख डबडबा गई ग़ुबार टूटने लगा

नज़र लगी है या किसी की बद्दुआ लगी कोई
ये आईना-ए-दिल तो बार-बार टूटने लगा

ये तय हुआ था क़ुर्बतों में फ़ासला रखेंगे हम
ग़ज़ब तो ये हुआ कि फिर हिसार टूटने लगा

वजूद मेरा बँट गया मेरे ही दोस्तों में जब
तो ये हुआ कि ख़ुद पे इख़्तियार टूटने लगा

46

आज भी तू फिर मुझे कल की तरह कल पर न टाल
आज ही कुछ फ़ैसला कर, आज ही कुछ हल निकाल

ज़िंदगी तेरी गिरह सुलझी न सुलझेगी कभी
कैसे-कैसे इस गिरह में बाँध रखे हैं सवाल

एक सूरज टाँककर दुनिया को रौशन कर दिया
किसकी ये जादूगरी है, किसने दिखलाया कमाल

आज सूरज का उन्होने ख़ून चूसा है ज़रूर
रोज़ होते थे, जो काले आज वो बादल हैं लाल

तुमने जिसको इक नज़र देखा वो पागल हो गया
तुम इधर जो देख लेते हम भी हो जाते निहाल

सच पे परदा डालने से सच नहीं छुपता कभी
बात की तह तक पहुँच तू बात पर मिट्टी न डाल

47

तैर कर दो हाथ मारें, क्या करें
नाव पानी में उतारें, क्या करें

जिस तरह गुज़रे गुज़ारें, क्या करें
वक़्त की ज़ुल्फ़ें सँवारें, क्या करें

तितलियाँ ये सोचती होंगी ज़रूर
रंग फूलों के निखारें, क्या करें

दर्द का मौसम है दिल भारी है आज
बोझ कुछ दिल का उतारें, क्या करें

थे कई मौसम यहाँ पीपल तले
मिट गईं सब यादगारें, क्या करें

नाम तो उसने बताया ही नहीं
अब उसे कैसे पुकारें, क्या करें

हमने कब चाहा था हम बिछड़ें कभी
पड़ गईं दिल में दरारें, क्या करें

शम'अ रौशन है मगर काफ़ी नहीं,
चाँद आँगन में उतारें, क्या करें

ज़ख़्म ही उसने दिए मरहम नहीं
वक़्त को ठोकर न मारें, क्या करें

48

न यूँ वार हम पर करो क़ातिलाना
उधर तीर साधो जिधर है निशाना

परेशान दिल है तो हमको बताओ
कि क़दमों में रख देंगे सारा ज़माना

ज़रूरत न छत की, न दीवारो–दर की
हमें चाहिए बस दिलों में ठिकाना

यहाँ आशियाँ प्यार का जल रहा है
हवाओं से कह दो न छेड़ें तराना

कहाँ ले गईं चार तिनके हवाएँ
यहीं था, यहीं था मेरा आशियाना

तअल्लुक़ तो उससे क़रीबी है लेकिन
त'अर्रुफ़ मेरा उससे है ग़ायबाना

49

शहरे-माज़ी में घूम आए हम
सारी यादें समेट लाए हम

उम्र भर धूप में नहाए हम
तब कहीं चाँदनी में आए हम

सारे मौसम उदास लगते रहे
जब तलक रंग में न आए हम

उसका चेहरा वो चाँद-सा चेहरा
आज तक भी न भूल पाए हम

राह दुश्वार ऐसी उफ़! तौबा
ठोकरें कब कहाँ न खाए हम

हम बरसते रहे मगर तन्हा
बादलों की तरह न छाए हम

बेख़ुदी में सँभल के चलते रहे
होश आया तो लड़खड़ाए हम

50

आसमानों में बदलियाँ होंगी
बिजलियाँ जिनके दरमियाँ होंगी

डूबती दिल की बस्तियाँ होंगी
दूर आँखों से कश्तियाँ होंगी

फूल शाख़ों से टूट जाने पर
कितनी मायूस तितलियाँ होंगी

ऐसी आवाज़ तो सुनी है कहीं
ये ज़रूर उसकी सिसकियाँ होंगी

वो तो फिर बेरुख़ी से देखेगा
आज फिर दिल की धज्जियाँ होंगी

कोई गौहर नहीं मिलेगा वहाँ
सब की सब ख़ाली सीपियाँ होंगी

जिसको आना था वो नहीं आया
उसके पाँवों में बेड़ियाँ होंगी

51

सुब्ह रख दी है, शब उठा ली है
उसकी महिमा बहुत निराली है

इक नज़र आपने जो डाली है
यूँ लगा रौशनी उछाली है

उसके आने का इंतिज़ार है बस
आख़िरी साँस इक बचा ली है

मुझको डर है न टूट जाए कहीं
ये जो उम्मीद दिल ने पाली है

पा लिया तुझको दिल ने इसके बाद
ख़्वाहिशों की किताब ख़ाली है

मिल गई छाँव जिस जगह हमको
अपनी चादर वहीं बिछा ली है

ऐसा लगता है, आज तो 'गुलशन'
चाँदनी दूध में नहा ली है

52

जिधर से आ गए उस सिम्त मुड़ के जाना क्या
वो नर्म रौ है नदी का मगर ठिकाना क्या

तुम एक बार ज़रा आँधियों से पूछ ही लो
उड़ा के ले गई ख़्वाबों का आशियाना क्या

मज़ा तो तब है कि पहचान ले वो आहट से
किसी को नींद में आवाज़ से उठाना क्या

हवाएँ सीख लें कब किस पे वार करना है
चराग़ बुझने ही वाला हो तो बुझाना क्या

उसे तो मंज़िले-मक़सूद तक पहुँचना है
नदी का दोनों किनारों से दोस्ताना क्या

ये सोचकर ही मैं आगे क़दम बढ़ाता रहा
क़रीब आ गई मंज़िल, पलट के जाना क्या

53

चले जाएँगे सब दुनिया से तब क्या
न होंगे हम तो फिर नामो–नसब क्या

समझ ले कोई कुछ इसमें अजब क्या
तो पहले सोच लो कहना है कब क्या

नहीं कुछ पास ऐसा दे सकूँ जो
अब ऐसे में करूँ कोई तलब क्या

अगर मैं अपना दुख सबको सुनाऊँ
करेगा फिर वो ख़ाली बैठा रब क्या

करम भी तो वो ही करता है हम पर
सितम पर है वो अब इसमें ग़ज़ब क्या

हम अपनी ज़िंदगी जी तो रहे हैं
तुम्हीं सिखलाओगे जीने का ढब क्या

❁

54

पैग़ाम दिल के तुझको दिए जा रहा हूँ मैं
नींदों में तेरा नाम लिये जा रहा हूँ मैं

आएगा तेरा हाथ कभी मेरे हाथ पर
इक आस है कि जिस पे जिए जा रहा हूँ मैं

फिर मिल गई है उसकी नज़र से मेरी नज़र
मौसम है मयकशी का पिए जा रहा हूँ मैं

मैं तेरे सामने हूँ मेरे सामने है तू
और इंतिज़ार तेरा किए जा रहा हूँ मैं

आती है आस्ताने से उसके जो रहगुज़र
उस रहगुज़र पे सजदे किए जा रहा हूँ मैं

55

कुछ भी तो नहीं खोया मगर ढूँढ़ रहे हैं
क्या चीज़ है, जो अहले-नज़र ढूँढ़ रहे हैं

जो ख़्वाब में देखा था वो दर ढूँढ़ रहे हैं
हम तेरे नगर में तेरा घर ढूँढ़ रहे हैं

आँखों ने नज़रबंद किया है उन्हें जब से
वो ख़ुद को इधर और उधर ढूँढ़ रहे हैं

हम डूब गए तब कहीं कुछ पाया मगर लोग
साहिल पे समंदर के गुहर ढूँढ़ रहे हैं

मंज़िल के क़रीब आके ये एहसास हुआ है
अब पाँव के छाले भी सफ़र ढूँढ़ रहे हैं

सूरज को लिये सर पे चलें हम तो कहाँ तक
मिल जाए कहीं कोई शजर ढूँढ़ रहे हैं

56

कभी जब रंग भरता हूँ तो भरने क्यूँ नहीं देते
मुकम्मल तुम कोई तस्वीर करने क्यूँ नहीं देते

उजाला ज़िंदगी में कुछ बिखरने क्यूँ नहीं देते
ये जुगनू चाँद को बाँहों में भरने क्यूँ नहीं देते

नई बुनियाद क्यूँ रखने नहीं देते मुहब्बत की
हमें जीने नहीं देते तो मरने क्यूँ नहीं देते

हमारी आँख के आँसू तुम्हारी आँख में क्यूँ हैं
गुज़रनी है जो इस दिल पर गुज़रने क्यूँ नहीं देते

सफ़र आलूद ये लम्हे हमेशा दौड़ते क्यूँ हैं
नज़र में कोई भी मंज़र ठहरने क्यूँ नहीं देते

मुझे महसूस होती है नज़र में ख़ुद असीरी-सी
बिखरना चाहता हूँ मैं बिखरने क्यूँ नहीं देते

क़रीब आते ही मेरे तुम नज़र क्यूँ फेर लेते हो
मुझे गहरे समंदर में उतरने क्यूँ नहीं देते

57

मालूम है सभी को मेरा हालचाल सब
रक्खे हुए हैं इसलिए मेरा ख़याल सब

मलते रहेंगे हाथ करेंगे मलाल सब
ख़ाली निकल के आएँगे पानी से जाल सब

तुम सबमें और मुझमें कोई फ़र्क़ ही नहीं
सबकी मिसाल मैं हूँ तो मेरी मिसाल सब

ख़ुशबू भरे गुलाब चमन में नहीं रहे
सूनी पड़ी हुई हैं मुहब्बत की डाल सब

दिन आ गए बहार के, चारों तरफ़ है शोर
होने को हो ही जाएँगे जैसे निहाल सब

जितना भी ज़हर तुझमें भरा है उड़ेल दे
जो कुछ है तेरे ज़ेहन में बाहर निकाल सब

मैं क्या करूँ दिमाग़ के डोरे बिखर गए
उलझे हुए हैं आज भी तेरे सवाल सब

58

इधर–उधर की न बातों में तुम घुमाओ मुझे
मैं सब समझता हूँ पागल नहीं बनाओ मुझे

बिछुड़ के जीने का बस एक रास्ता ये है
मैं भूल जाऊँ तुम्हें तुम भी भूल जाओ मुझे

तुम्हारे पास वो सिक्के नहीं जो बिक जाऊँ
मेरे ख़ुलूस की क़ीमत नहीं बताओ मुझे

भटक रहा हूँ अँधेरे में, बस इधर से उधर
दिया जलाओ कि अब रौशनी में लाओ मुझे

चराग़ हूँ मैं ज़रूरत है रौशनी की तुम्हें
बुझा दिया था तुम्हीं ने तुम्हीं जलाओ मुझे

59

जब आई नींद तो फिर बज़्मे-ख़्वाब तक पहुँची
सितारे गिनते हुए माहताब तक पहुँची

तलब हुई थी अँधेरों में रौशनी की मुझे
दिया जला तो तलब आफ़ताब तक पहुँची

बहुत से फूल थे हर सिम्त और नज़र मेरी
चमन में ताज़ा खिले इक गुलाब तक पहुँची

नदी के साथ किनारों की तर'ह मैं भी चला
बदल के राह जो अपनी सराब तक पहुँची

दबी हुई थी इक आवाज़ दिल में कब से मगर
लबों तक आई तो फिर इंक़िलाब तक पहुँची

फिर उसके बाद हुआ ये कि मिट गए दोनों
वो दास्ताने-मुहब्बत किताब तक पहुँची

60

जाते-जाते ही मुहब्बत का असर जाता है
दिल मगर इश्क़ के चक्कर में बिखर जाता है

वक़्त भी कैसा सितम करके गुज़र जाता है
जिसके जीने की ज़रूरत हो वो मर जाता है

आईना हूँ मैं, नहीं है कोई चेहरा मेरा
अक्स सबका ही मगर मुझमें उतर जाता है

वो परिंदा अभी माइल है बुलंदी की तरफ़
देखते जाइए परवाज़ किधर जाता है

रास्ते खुलते चले जाते हैं क़िस्मत की तरह
हौसला जब कभी परवाज़ में भर जाता है

कोई ख़ुशबू-सी बिखर जाती है भीतर-भीतर
कौन ये मेरे तसव्वुर से गुज़र जाता है

61

ये ज़मीं और आसमाँ ग़ायब
सो गए हम तो कुल जहाँ ग़ायब

फूल हाथों में आज किसके लिये
तीर ग़ायब हैं और कमाँ ग़ायब

भीड़ में हादसों की क्या मालूम
कौन हो जाए कब कहाँ ग़ायब

सामना सच का आपसे न हुआ
देखिए हो गई ज़ुबाँ ग़ायब

रहगुज़र से ही इक ग़ुबार उठा
ये हुआ फिर कि कारवाँ ग़ायब

आप और हम क़रीब आए तो
मुश्किलें थीं जो दरमियाँ ग़ायब

62

क़रार देके किया जिसने बेक़रार मुझे
है इंतिज़ार उसी पल का इंतिज़ार मुझे

वो फूल ख़ाना-ए-दिल में महकते रहते हैं
जो फूल देके गई थी कभी बहार मुझे

सदाए-दिल तो बहुत दूर तक पहुँचती है
पुकारते तो सही दिल से एक बार मुझे

उसे छुआ तो ही दरवाज़ा-ए-यक़ीन खुला
नहीं था अपनी ही आँखों पे एतबार मुझे

ये और बात कि आँसू हुए हैं ख़र्च मगर
समझ में आ गया ख़्वाबों का कारोबार मुझे

तसल्लियों की ज़रूरत नहीं रही मुझको
तड़पता छोड़ दो रहने दो अश्कबार मुझे

बहार आई है 'गुलशन' में ऐसी अबके बरस
हसीन लगने लगे हैं गुलों से ख़ार मुझे

63

भूल जाता है बशर जिस्म का फ़ानी होना
हमने देखा है मगर बर्फ़ का पानी होना

चंद लम्हात भी सदियों की सिफ़त रखते हैं
वक़्त के टुकड़े का वाजिब है कहानी होना

कोई पूछे तो सही बहती हुई लहरों से
कितना दुश्वार है पानी का रवानी होना

आपकी बात ज़माने से अलग होती है
ग़ैर मुमकिन है कोई आपका सानी होना

डूबने के लिए सहरा भी बहुत होता है
कोई लाज़िम नहीं दरियाओं में पानी होना

जब यहाँ लोग ज़ुबाँ दे के मुकर जाते हैं
क्या ज़रूरी है कोई बात ज़बानी होना

64

क्या वफ़ा और बेवफ़ाई क्या
दिल बुझे हों तो आशनाई क्या

ज़ुल्म का सामना ज़रूरी है
ज़ुल्म के सामने दुहाई क्या

फ़िक्र-ओ-फ़न शायरी में लाज़िम हैं
क्या ग़ज़ल, नज़्म क्या, रुबाई क्या

ज़िंदगी किस तरह गुज़ारोगे
तुमने तरक़ीब कुछ बनाई क्या

दिल तो पागल है जानता ही नहीं
क्या बुरा है तो है बुराई क्या

दूरियाँ तो दिलों की होती हैं
जिस्म से जिस्म की जुदाई क्या

65

आप जब चेहरा बदलकर आ गए
सच तो ये है हम भी धोखा खा गए

आप अब आए हैं, फ़सल-ए-गुल के बाद
फूल जब उम्मीद के मुरझा गए

अश्क क्या छलके हमारी आँख से
लफ़्ज़ भी आवाज़ में बल खा गए

हम तुम्हारे आईने में क़ैद थे
तुम तो बस बेकार में घबरा गए

तोड़ लाए शीशा-ए-दिल फिर कहीं
तुम अँधेरे में कहाँ टकरा गए

आपने ग़म ही दिए, बस ग़म हमें
आप कब ख़ुशियाँ यहाँ बरसा गए

66

शख़्सियत उसने चमकदार बना रक्खी है
ज़हनियत क्या कहें बीमार बना रक्खी है

इस क़दर भीड़ कि दुश्वार है चलना सबका
और इक वो है कि रफ़्तार बना रक्खी है

एक मुश्किल हो तो आसान बना ली जाए
उसने तो ज़िंदगी दुश्वार बना रक्खी है

पास आ जाता है मैं दूर चला जाऊँ तो
उसने दूरी भी लगातार बना रक्खी है

ज़ेहन और दिल में जो अनबन है वो अनबन न रहे
इसलिए दरमियाँ दीवार बना रक्खी है

शख़्स कैसा है, वो क्या है, नहीं मालूम हमें
शहर में उसने मगर धार बना रक्खी है

❁

67

ग़म का दबाव दिल पे जो पड़ता नहीं कभी
सैलाब आँसुओं का उमड़ता नहीं कभी

तर्के-त'अल्लुक़ात को बरसों गुज़र गए
लेकिन ख़याल उसका बिछड़ता नहीं कभी

जिसकी जड़ें ज़मीन में गहरी उतर गईं
आँधी में ऐसा पेड़ उखड़ता नहीं कभी

मुझसा मुझे भी चाहिए सूरज ने ये कहा
साया मेरा ज़मीन पे पड़ता नहीं कभी

सूरज हूँ जल रहा हूँ बचा लीजिए मुझे
बादल मेरे क़रीब उमड़ता नहीं कभी

68

राहे-उल्फ़त में मुक़ामात पुराने आए
तुम न आए तो मुझे याद फ़साने आए

वक़्त-ए-रुख़सत न दिया साथ ज़ुबाँ ने लेकिन
अश्क बनकर मेरी आँखों में तराने आए

रात के वक़्त हर इक सिम्त थे नक़ली सूरज
साए थे अस्ल जो किरदार निभाने आए

वक़्त आता ही नहीं लौट के ये बात है झूठ
मेरी आँखों में कई गुज़रे ज़माने आए

ज़िंदगी हार गई, हार का मातम न किया
ऐसे लम्हात तो कितने ही न जाने आए

तुमने गौहर किए तक़्सीम ज़माने को मगर
मेरे हिस्से में कहाँ प्यार के दाने आए

घर मेरा जल गया लेकिन ये तसल्ली है मुझे
आग जो दे के गए आग बुझाने आए

69

दुनिया वालों ने समझाया मरने में आसानी है
मैंने जीना सीख लिया तो दुनिया को हैरानी है

ख़ुद ही घर में आग लगा ली ये कैसी नादानी है
जिन आँखों में ख़्वाब थे पहले उन आँखों में पानी है

दिल का कहना कैसे मानूँ, उसके जैसा कोई नहीं
हर चेहरे में नूर है उसका हर चेहरा नूरानी है

बाद-ए-सबा ये जाकर कहना चुपके से उन कानों में
जब से तुम परदेस गए हो आँखों में वीरानी है

सुख से मिलना है तो दुख से करनी होंगी आँखें चार
फूलों की बगिया में 'गुलशन' काँटों की दरबानी है

70

मुझसे अक्सर मंज़र बातें करते हैं
चुप रहता हूँ पत्थर बातें करते हैं

रात में जब सब सो जाते हैं गहरी नींद
नदिया और समंदर बातें करते हैं

सूरज, चाँद, सितारे, जुगनू और चराग़
अँधियारों से जमकर बातें करते हैं

हमने अपने पैरों चलना सीखा है
हम अपने ही दम पर बातें करते हैं

बाहर शोर बहुत है आज हवाओं का
आओ चलें हम अंदर बातें करते हैं

फ़िरक़ापरस्ती का ये आलम है 'गुलशन'
शमशीरों से ख़ंजर बातें करते हैं

71

हूँ ठहरा हुआ राहगुज़र होते हुए भी
मजबूर हूँ कितना मैं शजर होते हुए भी

शामिल था मेरे क़त्ल की साज़िश में यहाँ कौन
मैं चुप हूँ ज़ुबाँ और ख़बर होते हुए भी

ये रात भी आँखों में गुज़र जाएगी लेकिन
कुछ देर तो लगती है सहर होते हुए भी

अब ज़ेहन मेरा रोज़ निकलता है सफ़र पर
बेघर हूँ बहरहाल मैं घर होते हुए भी

फैलेगा रगों में भी ये आँखों का तरन्नुम
कुछ देर तो लगती है असर होते हुए भी

कुछ लोग फ़क़ीरी का मज़ा लूट रहे हैं
कुछ लोग परेशान हैं ज़र होते हुए भी

इस पेड़ की सब तल्ख़ियाँ शाख़ों पे उतर आईं
भूखे हैं परिंदे ये समर होते हुए भी

72

मिल गई जब नज़र से नज़र, बेक़रारी रही उम्र भर
इश्क़ और हुस्न के दरमियाँ, जंग जारी रही उम्र भर

तौबा-तौबा वो उसकी नज़र, हाय आँखों की जादूगरी
एक लम्हे को आँखें मिलीं और ख़ुमारी रही उम्र भर

मेरी नज़रों ने बरसात में, छू लिया उसका गीला बदन
उससे नज़रें मिलीं और फिर शर्मसारी रही उम्र भर

चंद ख़ुशियों की ख़ातिर फ़क़त, दर्द से दिल के इक़रार पर
अश्क क़िस्तों में जारी हुए, देनदारी रही उम्र भर

उठ गए मयकदे की तरफ़, जब हमारे क़दम यक-ब-यक
दरमियाँ फ़ासले आ गए, प्यास तारी रही उम्र भर

ऐ मुहब्बत तेरा शुक्रिया, मेहरबानी, नवाज़िश, करम
ग़म तेरी ही बदौलत मिले जिनसे यारी रही उम्र भर

73

मैं घर से निकल आया हूँ घर टूट न जाए
ख़ुद भी हूँ सफ़र में ये सफ़र टूट न जाए

सूखी हुई शाख़ें हैं लचक भी नहीं अब तो
आँधी में कहीं अबके शजर टूट न जाए

क्या रंग-बिरंगी ये पतंगें हैं फ़लक पर
है साथ पतंगों के नज़र टूट न जाए

ये जाँ भी तुम्हारी है, ये आँखें भी तुम्हारी
ये दिल भी तुम्हारा है मगर टूट न जाए

विष घोल रही हैं यहाँ नफ़रत की हवाएँ
ऐसे में मुहब्बत का असर टूट न जाए

74

सिर्फ़ उसको जा के समझाना पड़ेगा और क्या
वो नहीं माना तो पछताना पड़ेगा और क्या

दिल खिलौना प्यार का है, तोड़ना है तोड़ दो
कुछ नहीं बस ख़ुद को समझाना पड़ेगा और क्या

देख लो तर्के-त'अल्लुक़ का मज़ा क्या चीज़ है
मुड़ के फिर वापस ही तो आना पड़ेगा और क्या

मुश्किलें आसान अपने आप सब हो जाएँगी
उलझनों को और उलझाना पड़ेगा और क्या

मौत क्या शय है समझना ही पड़ेगा एक दिन
ज़िंदगी तुझसे बिछुड़ जाना पड़ेगा और क्या

75

जो बशर पैकर-ए-किरदार नहीं हो सकता
वो कभी साहिब-ए-दस्तार नहीं हो सकता

अक्स भी टूटे हुए आएँ नज़र मुमकिन है
आईना टूट के बेकार नहीं हो सकता

फ़ितरतें जिसमें हों जैसी वो बनी रहती हैं
फूल कैसा भी हो तलवार नहीं हो सकता

अपने दामन को जो काँटों से बचा लेता हो
ख़ुशबुओं का वो परस्तार नहीं हो सकता

ख़ुद ही तामीर करे और मिटा दे ख़ुद ही
चाहे वो कुछ भी हो फ़नकार नहीं हो सकता

उसकी यादों को कलेजे से लगाए रखिए
जीना-मरना कभी दुश्वार नहीं हो सकता

साज़िशों में कोई शामिल है क़रीबी अपना
एक-सा हादसा हर बार नहीं हो सकता

76

जब क़दम सरफिरे तूफ़ान के पड़ जाते हैं
हमने देखा है गुलिस्तान उजड़ जाते हैं

एक तिनका हूँ मैं, औक़ात ही क्या है मेरी
तेज़ आँधी में बड़े पेड़ उखड़ जाते हैं

सच की तासीर कुछ ऐसी है बचा लेती है
झूठ बोलो तो सभी काम बिगड़ जाते हैं

ख़ुदकुशी यूँ ही कहाँ करता है इंसान कोई
लोग हालात के चंगुल में जकड़ जाते हैं

काँच के टुकड़े नहीं हम जो बिखर जाएँ कहीं
दिल की अंगुश्तरी मिल जाए तो जड़ जाते हैं

ज़ेहन-ओ-दिल हैं तो मुहब्बत के परस्तार मगर
मसअला ये है कि आपस में ही लड़ जाते हैं

77

मिलने-जुलने की शुरूआत कहाँ से होती
फ़ासले थे तो मुलाक़ात कहाँ से होती

एक बस आग-सी सीने में लिये फिरते रहे
ऐसे बादल थे तो बरसात कहाँ से होती

क़ैद कर ही लिया सूरज को जब आँखों में तो फिर
दिल की दुनिया में कोई रात कहाँ से होती

राह में बन गईं दीवार हया की परतें
बंद आँखों से कोई बात कहाँ से होती

हमको मालूम था, है कौन हमारा दुश्मन
ऐसी सूरत में कोई घात कहाँ से होती

78

वो एक लम्हा तेरे साथ का गुज़ारा हुआ
सहारा कोई नहीं था तो इक सहारा हुआ

उसी को याद किया जब मैं बेसहारा हुआ
नहीं किया कभी महसूस ख़ुद को हारा हुआ

नज़र से दूर बहुत दूर जब किनारा हुआ
तो ये हुआ कि कहीं और से इशारा हुआ

उसी को सोचता रहता हूँ और क्या मैं करूँ
वो एक चाँद जो आँखों में है उतारा हुआ

हमें तो इतना पता है कि कब हुए उसके
ख़बर नहीं ये हमें कौन कब हमारा हुआ

ख़ताएँ होने को हम सबसे हो ही जाती हैं
गुनाह उससे मगर फिर वही दोबारा हुआ

यक़ीन कैसे उसी शख़्स पर किया जाए
न जो तुम्हारा हुआ और न जो हमारा हुआ

79

जैसे मंज़र किसी मंज़र से निकल आते हैं
डूबकर हम भी समंदर से निकल आते हैं

चाहिए संग-तराशी का हुनर आँखों में
यानी भगवान तो पत्थर से निकल आते हैं

रोज़ गिरती हैं बलाएँ कई सर पर आकर
और हम बच के मुक़द्दर से निकल आते हैं

साथ रहती है कोई रौशनी साए की तरह
हम अँधेरों के बराबर से निकल आते हैं

कोई जादू हो असर हम पे नहीं हो सकता
हम तिलिस्मात के अंदर से निकल आते हैं

कोई ताबीर मुकम्मल तभी हो पाती है
रंग जब ख़्वाब के पैकर से निकल आते हैं

रास्ता तकती है दहलीज़ हमारे घर की
जब किसी वास्ते हम घर से निकल आते हैं

80

नहीं है शिकवा कोई तुमसे कुछ गिला भी नहीं
ख़फ़ा मैं ऐसे हुआ था, मगर हुआ भी नहीं

मुझी में रहते रहे तुम उतर के दिल में मेरे
तुम्हें ख़बर भी नहीं और मुझे पता भी नहीं

मुझे तो सिर्फ़ तेरे ही भरम में रहना है
नहीं है मेरा ख़ुदा कोई नाख़ुदा भी नहीं

गुज़ारना है कफ़स में मुझे तमाम सफ़र
क़ुसूरवार नहीं मैं कोई ख़ता भी नहीं

वो सानिहा तो मुझी पर गुज़रने वाला था
कभी सुना भी नहीं जो कहीं लिखा भी नहीं

तमाशा जारी है जलने का, बुझते रहने का
कोई चराग़ नहीं और कोई हवा भी नहीं

81

क़तरे हैं मगर बन के समंदर नहीं आते
अब आँसू मेरी आँख में भरकर नहीं आते

ऐ आँसुओ! सूनी हैं मेरी आँखें चले आओ
जो घर से चले जाते हैं क्या घर नहीं आते

दुनिया में अगर उसके परस्तार न होते
पैग़ाम-ए-ख़ुदा ले के पयंबर नहीं आते

सैयाद ने पर काट लिये हैं मेरे लेकिन
मायूस हूँ जब तक कि नये पर नहीं आते

आएगा कभी तू ये गुमाँ हो भी तो कैसे
सपने भी तेरे अब तो सितमगर नहीं आते

82

मंज़र नहीं नज़र में तो आँखों का क्या करें
सहरा में आ गए हैं चराग़ों का क्या करें

ताबीर ने हमेशा दिया है हमें फ़रेब
आँखों ने जो सजा लिये ख़्वाबों का क्या करें

पिछले बरस के फूल ख़िज़ाँ साथ ले गई
फ़स्ल-ए-बहार अबके गुलाबों का क्या करें

दीपक जला के रख तो दिए हैं मुँडेर पर
लेकिन सवाल ये है हवाओं का क्या करें

जब अंजुमन में चाँद ही शामिल नहीं तो फिर
ऐ आस्माँ बता कि सितारों का क्या करें

❁

83

क्यूँ नज़र फेर के बैठे हो, ख़फ़ा हो, क्या हो
हम से क्यूँ बात नहीं करते ख़ुदा हो, क्या हो

रौशनी बाँट रहे हो, ये बताओ तो ज़रा
क्यूँ अँधेरे में रखा ख़ुद को दिया हो, क्या हो

रोज़ आती हो, जगाती हो मुझे वक़्त-ए-सहर
तुम किरन हो कोई या बाद-ए-सबा हो, क्या हो

धूप में रह के लुटाते हो मुहब्बत अपनी
तुम हो बादल कोई या पेड़ घना हो, क्या हो

रोज़ आपस में उलझते हो, तमाशा क्या है
तुम चराग़ों के मसीहा हो, हवा हो, क्या हो

84

सोचने से नई तस्वीर निकल आती है
ख़्वाब से ख़्वाब की ताबीर निकल आती है

मिट्टियों में दबी जागीर निकल आती है
दफ़्न जो हो गई तामीर निकल आती है

पत्थरों को नज़रअंदाज़ नहीं करना तुम
पत्थरों पर खुदी तहरीर निकल आती है

पहले तो सब्र का पैमाना छलकता ही न था
अब ये आलम है कि शमशीर निकल आती है

ख़ुद जो निकलो तो नज़र आए सफ़र की मुश्किल
पाँव के नीचे से ज़ंजीर निकल आती है

लिख के रखता है वो हर बात मेरे लहजे में
सच नहीं बोलूँ तो तहरीर निकल आती है

तुम मेरी बात गिरह बाँध के रख लो 'गुलशन'
कोशिशें करने से तदबीर निकल आती है

85

सफ़ीना ग़म की तुग़्यानी से निकला
बहुत मुश्किल थी आसानी से निकला

तेरे कूचे से कल गुज़रा था मैं भी
गुमाँ भी मेरा हैरानी से निकला

ये दरिया भी उसे पहचानता है
वो शोला जिस्म जो पानी से निकला

उसी का अक्स था बाक़ी नज़र में
मैं जब सूरज की ताबानी से निकला

मसाइल ज़िंदगी के कम नहीं थे
मगर हल ख़ुद की मनमानी से निकला

86

क्या बताऊँ कि क्या हुआ है मुझे
आईना रास आ गया है मुझे

वो ही ले जाएगा जहाँ चाहे
एक जो रास्ता मिला है मुझे

कौन दुश्मन से जाके मिलता है
कौन अपना है सब पता है मुझे

मैं अगर टूटकर बिखर आऊँ
मेरा दिल ही समेटता है मुझे

हद भी होती है बेवफ़ाई की
तुमने मजबूर कर दिया है मुझे

उसने तर्के-त'अल्लुक़ात के बाद
ख़त में क्या-क्या नहीं लिखा है मुझे

मैं ग़ज़ल में हूँ मुब्तिला लेकिन
कोई छुप-छुप के सुन रहा है मुझे

87

रास्ते ऐसे भी जीने के निकाले मैंने
पी लिये जितने थे सब ज़हर के प्याले मैंने

ख़ुद-ब-ख़ुद जड़ लिये आवाज़ पे ताले मैंने
दर्द तक दिल के न होंठों से उछाले मैंने

मैं दिया हूँ मेरी क़िस्मत में अँधेरे आए
ये अलग बात दिए सबको उजाले मैंने

किस तरह वक़्त गुज़ारा है तुम्हें क्या मालूम
किस तरह निगले हैं पानी के निवाले मैंने

गीतों की शक्ल में, ग़ज़लों की नई सूरत में
दर्द सब कर दिए दुनिया के हवाले मैंने

88

रंगत दिलों में प्यार की भरते चले गए
लम्हात ज़िंदगी के गुज़रते चले गए

सिमटे तो यूँ सिमट गए जैसे कोई गुलाब
बिखरे तो ख़ुशबुओं-सा बिखरते चले गए

होंठों को सी लिया तो अजब हादसा हुआ
आँखों में ज़ख़्म दिल के उभरते चले गए

हमने ग़मों को बो लिया दिल की ज़मीन पर
अश्कों का कारोबार था करते चले गए

साहिल पे रह के हमने समंदर की थाह ली
गहराइयों में उतरे, उतरते चले गए

89

ज़िंदगी की ख़ूबसूरत इक कहानी आप हैं
गुंचाओ-गुल खिल उठें वो रुत सुहानी आप हैं

अब नहीं हसरत है दुनिया के किसी फ़िरदौस की
जिससे मिलता है सुकूँ दिल को रवानी आप हैं

इस अकेली ज़िंदगी में आप जबसे आ गए
आप ही जीने की चाहत, ज़िंदगानी आप हैं

आपकी आमद अँधेरों को मिटा देगी ज़रूर
दो जहाँ का आफ़ताबी-फ़ैज़, यानी आप हैं

आप ही आँखों की ज़ीनत, आप ही दिल का क़रार
याद के दरिया में 'गुलशन' बहता पानी आप हैं

90

वो मुसाफ़िर तो नहीं है, जो ठहर जाएगा
वक़्त तो वक़्त है आएगा गुज़र जाएगा

तुम कभी दश्त-ए-हवादिस से गुज़रकर देखो
हौसला टूट के रस्ते में बिखर जाएगा

फ़ैसला हुस्न का आँखें नहीं, दिल करता है
दिल जिसे चाहे, वही दिल में उतर जाएगा

सादगी भी तेरी क़ातिल है, अदा भी क़ातिल
जो तुझे देख ले इक बार वो मर जाएगा

अब न सैयाद ही वाक़िफ़, न परिंदे को ख़बर
क़ैद से छूट गया वो तो किधर जाएगा

एक बहता हुआ दरिया है ये जीवन 'गुलशन'
बहते-बहते कहीं जाकर ये ठहर जाएगा

91

कोई जज़्बा मचलना चाहिए था
दिलों में दर्द पलना चाहिए था

हवा का रुख़ बदलना चाहिए था
दिया कुछ और जलना चाहिए था

मेरी ग़ैरत ने मुझको मार डाला
मगर दम तो निकलना चाहिए था

किसी हालत में आँखों से, लबों से
ग़ुबार-ए-दिल निकलना चाहिए था

अगर ठोकर तुम्हें लग ही चुकी थी
मियाँ! फिर तो सँभलना चाहिए था

मुक़ाबिल आईना है और मैं हूँ
कोई तो अक्स ढलना चाहिए था

उजालों की तमन्ना थी तो 'गुलशन'
बदन पर नूर मलना चाहिए था

92

राहगुज़र में तू कैसे आ जाता है
दिल के सफ़र में तू कैसे आ जाता है

तू तो बाशिंदा है दिलों की बस्ती का
इक पत्थर में तू कैसे आ जाता है

दुनिया घूम रही है तेरी उँगली पर
फिर चक्कर में तू कैसे आ जाता है

तुझसे कितनी दूरी है कहना मुश्किल
फिर पल भर में तू कैसे आ जाता है

जादू-टोना है क्या कोई तेरे पास
हर मंज़र में तू कैसे आ जाता है

तू इक पत्थर ही तो है फिर तेरा क्या
दिल के असर में तू कैसे आ जाता है

मुश्किल हो या कोई मुसीबत जो भी हो
सबकी नज़र में तू कैसे आ जाता है

93

आँखों के पानी से जलना पड़ता है
पत्थर हो, तो भी तो पिघलना पड़ता है

क़िस्मत ख़ुद बदली है और न बदलेगी
क़िस्मत को तो यार बदलना पड़ता है

यूँ ही थोड़ी मिलती है मंज़िल कोई
आवाज़ों से आगे चलना पड़ता है

शाख़ें कट जाती हैं, टूट भी जाती हैं
पेड़ों को हर हाल में फलना पड़ता है

अंत सभी का तय है फिर ये मातम क्यूँ
शाम हुए सूरज को ढलना पड़ता है

94

सुकून मिल गया, लहरों के साथ चलते हुए
नदी में डूब गए दो चराग़ जलते हुए

कभी उमीद की आँखों में ख़्वाब पलते हुए
कभी यक़ीन के पैरों तले कुचलते हुए

बुझा भी दीजिए, हो आई सुब्ह जलते हुए
ये कह रही थीं चराग़ों की लौ मचलते हुए

फिर अपने हाथ में पत्थर उठाके लाने लगीं
हवाएँ देख न पाईं शजर को फलते हुए

फिर उसके बाद हुआ जाने क्या ख़ुदा जाने
नदी में देखा था काग़ज़ की नाव चलते हुए

95

ज़िंदगी जब से रू-ब-रू न हुई
आईने से भी गुफ़्तगू न हुई

दास्ताँ ग़म की सुर्ख़रू न हुई
नम हुई चश्म आबजू न हुई

तेरी रहमत हुई फिर उसके बाद
कारगर मर्ज़ी-ए-अदू न हुई

बे-तमन्ना गुज़ार लाए हयात
आरज़ूओं की आरज़ू न हुई

जब तसव्वुर में आ गया वो मेरे
ख़त्म फिर उसकी जुस्तजू न हुई

इश्क़ में रह गई कमी शायद
यानी रुसवाई चार-सू न हुई

सारे गुलशन में आ गई है बहार
ऐ ख़िज़ाँ! अबके सिर्फ़ तू न हुई

96

चित्र आँखों में क्या-क्या बनाती रही
याद आई जो उसकी तो आती रही

मेरी मंज़िल मेरे सामने थी मगर
बेबसी मुझको दर-दर घुमाती रही

जानलेवा है ये बेवफ़ाई तेरी
झूठी क़समें मेरे सर की खाती रही

जो मुख़ालिफ़ थे दीवार बनते गए
और तक़दीर इक दर बनाती रही

कृष्ण जब बन गए राधिका, ये हुआ
प्रीत माथे पे चंदन लगाती रही

जब बयाबाँ में पहुँची मेरी जुस्तजू
मेरी आवाज़ ही जाके आती रही

रंगरलियाँ मनाती रही ज़िंदगी
मौत ये देखकर मुस्कुराती रही

❁

97

अपनी पहुँच से उसका बहुत दूर घर न था
उसकी गली से फिर भी हमारा गुज़र न था

कल मौत मुझको बाल बिखेरे हुए मिली
जीने का ज़ोम था मुझे मरने का डर न था

ये ताल-मेल है मेरा इक माहताब से
कल वो उधर नहीं था तो मैं भी उधर न था

ठहरा हुआ था मैं तो मुहब्बत की छाँव में
वो घर था छप्परों का वहाँ कोई दर न था

ऐसा नहीं कि बुज़दिली ओढ़े हुए थे हम
अब यूँ समझिए हाथ ही तलवार पर न था

दीवाना कह रहे थे सभी मुझको देखकर
बस ख़ैर ये हुई कोई पत्थर उधर न था

हमको ही याद कर लिया होता फिर एक बार
ख़ुद ही ख़याल आपको अपना अगर न था

98

दर्द जब-जब जहाँ से गुज़रेगा
क़ाफ़िला हो के जाँ से गुज़रेगा

फ़िक्र में आएगा सवाल मेरा
और जवाब उसका हाँ से गुज़रेगा

सामने आएगा मेरा किरदार
ज़िक्र जब दास्ताँ से गुज़रेगा

फिर मुझे याद आएगा बचपन
इक ज़माना गुमाँ से गुज़रेगा

रहगुज़र है उदास मेरी तरह
जाने कब वो यहाँ से गुज़रेगा

लोग हैरत में डूब जाएँगे
जब भी वो दरमियाँ से गुज़रेगा

ये परिंदा जो क़ैद में है अभी
एक दिन आसमाँ से गुज़रेगा

99

हमें अब दिल कोई सूरत किसी के नाम करना है
अगर नीलाम होता है तो फिर नीलाम करना है

चमन में ज़िक्र जिसका ख़ुशबुएँ करती हैं फूलों से
उसी का ज़िक्र हमको अब सहर और शाम करना है

ठहर तो जा ज़रा सूरज मेरे ही साथ चलना तू
अभी कुछ देर मुझको छाँव में आराम करना है

हमें शोहरत मिली इतनी कि जीना हो गया मुश्किल
ये तय हमने किया है ख़ुद को अब गुमनाम करना है

उन्हें हमसे मुहब्बत थी, मुहब्बत है उन्हें हमसे
इसी झूठी कहानी को नगर में आम करना है

100

जादू सिफ़त लगी मुझे पत्थर की रौशनी
मुझको भी खींच लाई तेरे दर की रौशनी

बढ़ते ही जा रहे थे क़दम आदतन मेरे
रस्ता बता रही थी, मुक़द्दर की रौशनी

मौजें उठा के ले गईं मुझको तहों की सिम्त
आने लगी नज़र में समंदर की रौशनी

सूरज खड़ा रहा लब-ए-साहिल सहर के वक़्त
पानी से छन के आई बराबर की रौशनी

निस्बत नहीं है और किसी आफ़ताब से
काफ़ी है मुझको मेरे ही भीतर की रौशनी

भीगे हुए बदन पे वो क़तरे रवाँ-दवाँ
मन को लुभा रही है गुल-ए-तर की रौशनी

मंज़िल है मुझसे दूर सफ़र पर हूँ गामज़न
आँखें बिछा रही है मेरे घर की रौशनी

❀ ❀ ❀